INVENTAIRE
Ye 23 201

Y

PRÉCIS EN VERS

AVEC DES REMARQUES

SUR

L'IMITATION DE J.-C.

ET SON AUTEUR,

ADRESSÉ

A M. VILLENAVE,

PAR J.-B.-M. GENCE.

A PARIS,

IMPRIMERIE DE MIGNERET,

RUE DU DRAGON, N° 20.

1829.

PRÉCIS

SUR

L'IMITATION DE J.-C.

ET

SON AUTEUR.

———

QUEL bienfaisant Génie, en qui l'instruction

Egalait l'onction, le divin caractère,

A dicté, composé, de l'*Imitation*

Le livre inimitable, et pourtant si vulgaire?

Car le style et l'esprit de la Religion,

En font un Manuel, un Livre nécessaire

Pour le chrétien du siècle, et l'humble solitaire,

Pour tout état, tout sexe, âge et condition.

S'il n'est pas le premier, comme a dit Fontenelle (1),

Il est, après la Bible, à bon droit, le second.

Quoiqu'il doive beaucoup à ce champ si fécond,

Il a sa vertu propre et vraiment naturelle,

(1) Fontenelle a seulement dit par comparaison avec l'*Évangile*, que

> Ses richesses et ses beautés (2).
>
> A quel digne auteur donc , une étude profonde
> De l'Église et de Dieu , des humains et du monde ,
> A-t-elle révélé ces morales clartés ,
>
> Ces lumières , ces vérités ?
> Quel est l'observateur des mœurs , des idiomes ,
> De qui la langue a su parler à tous les hommes (3) ;
> Qui , par ses propres maux , par les calamités
> Dont il fut et témoin et partie et victime ,
> S'instruisit à donner aux siens , aux nations ,
> Des conseils , des secours , des consolations (4)?
> Quel autre que celui qu'à ces titres exprime
> Le Docteur très-chrétien , en un mot Jean GERSON ?

l'*Imitation* est le plus beau livre qui soit sorti de la main d'un homme, puisque l'Évangile n'en vient pas.

(2) Ce n'est nullement un tissu de passages tirés de l'*Ecriture* et des *Pères*, comme chez plusieurs compilateurs ascétiques du temps , et entre autres Thomas à Kempis , qui cite toujours textuellement, et ne s'approprie pas, comme Gerson , les passages de l'Écriture, etc.

(3) C'est , en effet, un auteur qui écrit pour tous les hommes, et qui fait la part de tous , des moines comme des gens du monde, etc. , parce qu'il les a connus tous , et qu'il a dû , par suite de séjours en Flandre, en Allemagne , mêler les idiotismes de ces pays, aux gallicismes dont l'ouvrage est plein. Voyez *l'Index grammaticus* de notre édition latine de l'*Imitation* , Paris , Treuttel et Würtz , 1826.

(4) Un livre si universellement moral et instructif, n'a pu être composé qu'à une époque de grands malheurs dans l'Église et dans l'État, comme sous Charles VI , par l'homme le plus éprouvé et le plus instruit,

Mais quoi ! contre lui-même, et non contre un chanoine .
Qui de Livres pieux, pour lui, pour sa maison,
Retraçait, débitait la commune leçon (5),
Qu'ai-je vu reproduire ? un fantôme de moine,
Un abbé Jean *Gersen*, ou plutôt un vain son,
Donné comme le nom de l'auteur véritable (6) !
Depuis dom Constantin, promoteur de la fable (7),
Jusqu'à Napione, l'écho de Durandi (8) ;
Quel autre document qu'un *dire* contredit ?

et pour des hommes qui avaient le plus besoin de consolations et de conseils.

(5) Thomas à Kempis, de la maison de Sainte-Agnès en Hollande, l'un de ces chanoines réguliers de St.-Augustin, qui copiaient, dit Gerson, des manuscrits pour vivre, et en gardaient plusieurs pour leur nourriture spirituelle. (Gers. *De laude Scriptorum.*)Voyez l'article *Kempis* dans la *Biographie universelle.*

(6) Aucun monument, témoignage, ni indice ancien, n'ayant prouvé l'existence d'un personnage homonyme différent de Gerson, ce personnage prétendu a dû être regardé comme chimérique par tous ceux qui ont approfondi la question, tels que le Jésuite Rosweyde, flamand, Héser et Amort, allemands, Faraudy de Milan, Thomas Carré, anglais, les Génovéfains Fronteau et Géry, le bibliographe Naudé, l'abbé Ghesquières, et enfin Desbillons, qui a appelé Gersen, *nomen sine re.*

(7) Le Bénédictin abbé Constantin Cajetan, jaloux de donner des enfans à son ordre, *Concertatio de auctore*, Rome et Paris, 1616.

(8) *Dissertaz. Epist. all'Autore del libro* de Imitat. Chr., da Galeani Napione, Firenze, 1808, pag. 393. L'existence d'un Titre ancien, concernant un moine du nom de Gersen, que'Jacques Durandi lui a dit tenir de l'abbé Frova, est niée par Frova même. Voyez nos *Considérations sur*

1..

Ce *dire*, amplifié, devient-il plus probable (9) ?

Un Titre non prouvé n'est qu'une assertion :

L'autorité d'un seul est toujours récusable.

 Sur un vain lieu d'extraction (10),

Croit-on aussi fonder une tradition,

Qui, par degrés, naquit d'une rumeur semée

 Lors de la contestation,

Et n'existait pas même au temps de Borromée (11),

Nommant Gerson l'auteur de l'*Imitation* ?

 Mu par le moine Gerséniste,

 Le Piémontais *La Chiesa* (12),

 De porter *Gersen* sur sa liste

 Le premier de tous s'avisa,

---

l'Auteur (pag. 233-238), à la suite de la *Dissertation* de Barbier sur les Traductions françaises de l'*Imitation*, Paris, Lefèvre, 1812.

(9) G. de Gregory (*Mémoire sur le véritable Auteur de l'Imitation*, Paris, 1827, in-12), rapporte que ce même Durandi lui a dit, non avoir entendu nommer, mais avoir vu un Titre sur Gersen. C'est encore un ouï-dire, une variante grossie du premier propos.

(10) Les mots *Johannis de Canabaco* d'un manuscrit d'Allemagne (Voyez notre édition latine de l'*Imitation*, pag. xix) ont fait supposer l'un *Gersen*, l'autre un lieu de naissance, *Cavaglia*, du nom de *Cabanacum*, écrit, dit M. de Grégory, pour *Canabacum* dans d'anciens actes du lieu.

(11) Charles Borromée, né au château d'Arone, mort en 1584.

(12) D. François della Chiesa : *Abbatum Pedemont. regionis Chronol. Histor.* Turin, 1645, in-4.°

Quoique l'universel Trithème ,

L'historien de l'Ordre même ,

Se tût sur un auteur pareil.

Mais dans le siècle treizième ,

Parmi les abbés de Verceil ,

Où , sous un Scot , docteur par excellence ,

On fait fleurir , pour cause , la science (13) ,

Vaque après lui la place d'un abbé.

Là *Jean Gersen* , fort à point , est tombé.

Il remplit à lui seul la lacune de l'âge (14) ;

Et le *très-érudit Traité*

(Ainsi qu'on a nommé l'ouvrage)

Devient le lot du nouveau personnage (15).

Mais d'après quelle autorité

---

(13) Ce *Scot* (*Jean*) est placé au commencement du 13.ᵉ siècle , et qualifié de *doctor egregius* dans la liste des Abbés de St-Étienne de Verceil , rapportée par *la Chiesa*. On connaît le *docteur subtil* Jean Scot; celui-ci était cordelier , et mourut au 14.ᵉ siècle. Il y a bien eu un Scot bénédictin : il vivait en 800. Mais il fallait un docteur éminent , qui eût précédé Jean Gersen.

(14) Une lettre de l'abbé Frova , chanoine même de Verceil , donne un *Index* de ces Abbés. On n'y trouve ni Scot , ni Gersen ; mais il y a une lacune d'un siècle (de 1219 à 1320) sans aucun nom d'abbé (Amort, *Deduct. critic.* , p. 317.)

(15) On trouve ainsi inscrit sur la liste de l'historien piémontais : *Johannes Gersen , qui eruditissimum Tractatum de Imitatione composuit, anno 1230.*

Ce nom est-il venu soudain à la mémoire (16),

Lorsque trente ans avant, dans sa première histoire,

L'écrivain ne l'a point cité (17) ?

Un manuscrit fameux, récemment apporté,

Et qu'on croyait vieilli dans la poussière

A la Maison d'Arone (18) où fut un Monastère,

Malgré le nom trois fois estropié

Et vaguement d'*abbé* qualifié (19),

A l'auteur ne fit pas moins croire

Qu'au titre de *Verceil* une note illusoire (20).

Mais ni Milan, ni Brescia,

Ni l'érudition Romaine,

---

(16) Cet historien dit seulement, sans rapporter ni titre, ni registre : *Sequentes tantùm (Abbates) ad meam cognitionem venerunt.*

(17) Dans son Catalogue *di tutti li scrittori Piemontesi* (Turin, 1614, in-4.°), que nous avons sous les yeux, il n'est nullement question de Jean Gersen.

(18) Le Jésuite Rossignol l'avait remarqué en 1606 et jugé très-ancien (*perantiquum*), parce qu'il le croyait provenir de l'ancien monastère des Bénédictins d'Arone, devenu depuis maison professe des Jésuites. Mais André Mayol, profès, l'avait apporté de Gènes à cette maison en 1579. (Voyez Rosweyde, *Vindiciæ Kempenses*, pag. 438.)

(19) Sous le titre d'*abbé*, à chaque livre, avec les noms de Jean *Gesen, Gessen* et enfin *Gersen*. Voyez le procès-verbal de l'examen du manuscrit d'Arone, pag. LXXI des prolégomènes de notre édition latine.

(20) Note apocryphe, écrite au bas d'un exemplaire de l'édition de Venise de 1501, où on lit *D. Johannes..... Abbas Vercell....* Mais le nom de *Johannes* est falsifié. Voyez pag. LXXX de notre édition.

Ni le savant Zaccaria (21) ,

Ni d'Hartzheim et d'Amort la critique Germaine (22) ,

   Nullement ne ratifia

   Du manuscrit venant de Gène

   L'origine crue ancienne

Par de doctes Français , en Conseil supposé ;

   Car, quoi qu'en ait pu dire un frère ,

Un Président manquait , et Mabillon leur Père ,

   Qui lui-même n'a point osé

   Du *Specimen* donner le caractère (23).

Sans doute quelques noms pouvaient en imposer ;

   Mais l'on peut bien à Baluze opposer

   Notre Daunou , sans être téméraire ,

   Quand nos plus habiles Lettrés ,

Des plus riches dépôts gardiens éclairés ,

Ont , sur un calque exact du Bibliothécaire ,

Porté , sans hésiter , un jugement contraire (24).

(21) Voyez le jugement des littérateurs indigènes, *Ibid.* , pag. LXXV.

(22) *Ibid.* pag. lxxiv. Il est remarquable que le manuscrit d'Arone, comparé avec d'autres manuscrits semblables, a été jugé postérieur même au déclin du 15ᵉ siècle, non-seulement par les chiffres gothiques des livres, et arabes des chapitres, mais par la multiplicité des abréviations et la ponctuation moderne.

(23) Voyez nos *Considérations* sur l'Auteur , pag. 240 et 244 ; — et les prolégomènes de l'édition latine , pag. lxxiij.

(24) *Ibid.* Pag. lxxiij et lxxiv.

Si le Titre n'a plus l'antériorité ·

Qùi seule eût pu fonder sa juste autorité,

  Puisqu'avant tout il faut du personnage

    Démontrer la réalité,

     Par quel moderne témoignage

     Peut-on prouver.l'antiquité

     D'un nom et de sa qualité,

Qu'après quatre cents ans on crée au moyen âge ?

Non, la cause est jugée, et le fait décidé.

Si certains manuscrits ont un nom équivoque,

Sans que du *Chancelier* ils portent le surnom,

Leur texte, qui décèle une récente époque, ·

  Est altéré comme le nom (25).

Du Flamand qui confesse avoir transcrit l'ouvrage,

Bien vicieuse aussi parfois est la leçon (26).

Tout critique sensé, qu'aucun parti n'engage ·

A donner pour réel un être de raison,

Ne saurait sur l'Auteur contester davantage :

  Si ce n'est *Kempis*, c'est GERSON (27).

(25) Plusieurs manuscrits d'Allemagne et d'Italie portant le nom altéré mais avec la qualité de Chancelier de Paris, sont moins vicieux que ceux qui ont le nom corrompu, mais sans cette même qualité. Voyez la Description des manuscrits désignés sous ce nom dans l'*Index criticus* de l'édition latine, pag. 368.

(26) Voir la Description du Ms. d'Anvers, pag. xxxvij et xxxviij.

(27) Voyez la Section III de nos *Considérations* sur l'Auteur, pag. 252 *et suiv.*

ENVOI

DES VERS PRÉCÉDENS

A MON ANCIEN AMI

M.-G.-T. VILLENAVE.

TRADUCTEUR élégant du Poète que cite

De l'*Imitation* l'auteur plein de raison ,

Qui n'était, par état , moine ni cénobite (1) ,

VILLENAVE , est-ce toi qui doutes que Gerson

Ait composé ce Livre , où de tant de maximes ,

De tant de sentimens et profonds et sublimes ,

Tout homme, tout chrétien trouve une ample moisson!

A mes discussions critiques et morales ,

Toujours en sa faveur s'ouvrirent tes *Annales* (2).

Dès longtemps même avant, au journal des *Curés* (3),

(1) Ni chanoine régulier , ou cénobite , comme Kempis , ni moine profès. L'auteur de l'*Imitation* distingue (liv. I, chap. 17), les congrégations religieuses d'avec les monastères , distinction caractéristique pour le 15.ᵉ siècle.

(2) *Annales politiques , morales et littéraires*, 1816-1818.

(3) Ou *Mémorial* de l'Eglise Gallicane, 1808-1811.

Dans maint article polémique ,

Furent tracés , par ma plume laïque ,

Des extraits à Gerson , au Livre consacrés.

Ce qui me fit aimer ce Livre par degrés ,

Fut du Pasteur Macé (4) la version chérie.

Au printemps de mes jours, dès leur premier rayon,

J'avais sucé le lait de l'*Imitation.*

Grâce à mes bons parens (5) mon ame en fut nourrie.

Quand la raison plus tard l'eut doucement mûrie,

J'osai tenter moi-même une traduction

Du Livre qui comptait , dans ma seule Patrie,

    Sa soixantième version (6).

Mais de textes produits sans nulle passion ,

Après tant d'éditeurs , je vis la pénurie.

    Pour fonder une édition

Sur des Titres exempts de toute fourberie , .

De tout esprit de secte , ou bien de confrérie ,

J'étudiai le Livre ; et c'est l'inscription ,

La doctrine , le lieu , le sens et l'idiome ,

Qui m'ont fait découvrir et l'écrivain et l'homme.

(4) Curé de S.ᵉ Opportune , Trad. anonyme , Paris , 1698, in 8.°

(5) J'ai conservé l'exemplaire in-8. (1700) de l'*Imitation française,* dont ils me lisaient un chapitre tous les jours.

(6) Voyez la *Dissertation* d'Ant. Alex. Barbier sur soixante traductions françaises de l'*Imitation.* Paris, Lefèvre, 1812. — La nouvelle traduction a paru en 1820, Paris, Treuttel et Würtz, in-12 et in-18.

Son pays ; ses séjours, du *Livre* le foyer (7) ;

La *Consolation,* des titres le premier (8) ;

Des plus purs manuscrits, sous son nom, la série (9),

Montrent l'auteur pieux dans l'humble ex-chancelier.

Ainsi l'ont honoré, mais sans idolâtrie,

Charles Labbé, Dupin (10), d'après Leschassier (11),

Emery, Sainte-Croix (12), et Lenglet(13), et Barbier(14),

Tous pleins d'une raison par le savoir mûrie ;

(7) Outre les Manuscrits, aux Célestins et aux Bénédictins, où Gerson avait des frères religieux ; plusieurs Mss. aux Chartreux avec lesquels il correspondait : à la Chartreuse de Villeneuve, près d'Avignon, à laquelle il légua ses livres manuscrits, dont un sous le titre *De Consolatione interná;* aux Chartreux de Bruges, où Gerson a résidé. A l'abbaye de Mœlk, des Mss. fort anciens, dont un de 1421, un an après son séjour en Autriche. *Voyez* pag. xiij, xxxj, xlv de notre édition latine.

(8) Le titre général ancien, *De Consolatione interná;* puis, *Consolationum internarum volumen ;* ensuite, *Liber consolatorius ;* enfin, *De Imitatione Christi.*

(9) Mss. d'Allemagne, de France et d'Italie, au nombre de 20.

(10) Voyez le *Privilége* d'un ouvrage de Charles Labbé dans le *Gersoniana,* par Ellies Dupin, témoignant lui-même en faveur de Gerson, comme l'avait fait Jacques de Sainte-Beuve (*Requéte de Naudé,* p. 12).

(11) Leschassier, conseiller en la Cour, neveu de Jacques Leschassier, auquel avait appartenu le Manuscrit du neveu de Gerson, portant le nom et l'effigie du Chancelier son oncle, qui est en notre possession. Voyez l'édition latine, pag. liv-lvj.

(12) J. A. Émery, docteur en théologie, et le savant Guilhem de Sainte-Croix, zélés promoteurs de notre édition.

(13) Lenglet du Fresnoy donne du moins à Gerson l'*Internelle consolation,* vieux français, qu'il regarde comme l'original du latin.

(14) Alex.-Ant. Barbier, auteur de la *Dissertation* déjà citée sur les traductions françaises de l'*Imitation.*

Avec Corneille encore et le grand Bossuet ,

    Aimé Guillon (15) , Réné Tourlet (16) ,

    Et le docte Labouderie (17) ,

    Qui de notre éminent Français

    Promet une savante vie ;

  Car je n'ai pu qu'esquisser quelques traits

  Du grave auteur dans la *Biographie* (18).

Le Lettré Fortia , qui d'abord défendait

Contre le Chancelier un trop cher adversaire (19)

Dont l'esprit embrassant une vaine chimère ,

    Sans titre authentique, voulait

Qu'un Livre aussi rempli d'onction , de lumière ,

Sortît des bancs poudreux d'un obscur monastère ,

    Lui-même enfin se décidait (20)

En faveur de Gerson , studieux solitaire ,

Du monde , qu'il connut , exilé volontaire.

Pour toi , depuis vingt ans , ta voix me secondait;

Et ton Journal , AMI , vint toujours à mon aide ,

---

(15) L'abbé Guillon de Montléon. *Lettre d'un Docteur en Théologie*, sur notre traduction et celle de M. Genoude. *Paris*, 1820.

(16) Voyez le *Moniteur* du 15 décembre 1826.

(17) L'abbé Jean Labouderie, éditeur de la traduction de Beauzée pour la Bibliothèque religieuse.

(18) Voyez l'article *Gerson* dans la *Biographie universelle*.

(19) Article des *Annales de la Littérature et des Arts*, 363e livraison.

(20) Il accueillait du moins une Note pour la défense de Gerson à la suite de son Article dans l'édition des OEuvres de Châteaubriant.

Lorsqu'aux vrais traducteurs , le premier il rendait
Le nom qui , dans un titre , injustement prêtait
Cusson à Gonnelieu , *Marillac* à Rosweyde *(21)*;
Lorsqu'aussi des erreurs qu'à tort on imputait
    Au savant éditeur Beauzée ,
Tu vengeais noblement sa mémoire offensée (22).
    Avec la même urbanité ,
A la traduction , qu'en style brillanté
A mise au jour La Mennais comme sienne ,
    Du bon jésuite Lallemant ,
Ton *Extrait* littéraire a courageusement
    Opposé , comparé la mienne (23).
Tel on t'a vu peser , dans la même équité ,
    Du texte latin annoté
    L'édition Gersonienne (24) ,
    Que , contre une opinion vaine ,
Défendit de Daunou l'impartialité (25).

(21) Voyez ces noms dans la *Biographie universelle* , et la *Notice* sur le caractère des Traductions françaises les plus remarquables de l'*Imitation*, dans le *Journal des Curés*, des 14, 20 et 28 septembre 1810.

(22) Voyez dans le même Journal, des 30 août, 4 et 10 novembre 1809, la Défense de l'édition de Beauzée, confondue par Lambinet avec celle d e Valart.

(23) Voyez l'*Extrait* du Journal général de la Littérature de France, des mois d'avril, mai et juin 1829.

(24) Extrait du même Journal , des mois d'octobre et novembre 1826, sur notre édition latine, avec prolégomènes et notes, où le texte est restitué à Gerson.

(25) Journal des Savans , de décembre 1826.

Une franche sincérité ,

Qu'un ton ouvert chez toi sans artifice exprime ,

Jointe au goût , au savoir, doit te concilier

Des plus nobles talents la confiante estime.

La Princesse Constance a dû t'apprécier :

L'éloquente Raison plaît à l'Esprit qu'anime

Ce Sens profond qui crée et frappe une maxime.

Dans sa prose et ses vers, SALM pense et fait penser (26).

La Princesse indienne a su t'intéresser ;

Chez elle la Pensée en images s'exprime.

Ses *Méditations* offrent de vifs portraits

Où le sentiment brille , ainsi que dans ses traits (27).

Quand de nouveaux pensers qu'a médités son ame ,

Attendent leur essor , ton zèle actif proclame,

Envers l'humanité , les merveilleux bienfaits

Par D'ELDIR opérés , que l'Histoire réclame (28).

Le Préjugé puissant tombe devant les faits.

L'amour du vrai, du bon, ainsi que toi m'enflamme.

Heureuse l'Amitié qui ressent ton ardeur ,

Et, comme la Tendresse, a sa part dans ton cœur !

J.-B.-M, GENCE.

(26) *Epître en vers sur l'esprit et l'aveuglement du Siècle*, Paris 1828 ; et *Pensées*, par la Princesse Constance de Salm. *Paris*, 1829.

(27) *Méditations* par une Dame Indienne (Alina d'Eldir). *Paris*, 1828.

(28) *La Vérité du Magnétisme prouvée par les faits.* Paris, Migneret, 1829.

A MON JEUNE AMI

THÉODORE VILLENAVE.

Fils d'un sage Lettré, dont tu soutiens le nom,
Reçois les vers que j'offre à ta Muse éloquente.
L'hommage en est léger ; la morale, importante.
Frère d'une Minerve, ah ! sois mon Apollon.
Par quels traits, déplorant d'un Ami la mémoire,
Tu nous dépeins partout l'inflexible Destin !
Parmi tant de leçons, qu'ils gravent sur l'airain,
Quel exemple frappant que l'homme de l'Histoire !
On le jugea, dis-tu, *trop coupable de gloire :*
Sa puissance livrée à la barbare main,
    L'instrument de la Destinée,
Sur un brûlant rocher expire abandonnée.
Et de quels traits encor, l'Étranger inhumain
Est flétri dans tes vers, quand Jeanne condamnée
Périt sur l'échafaud, sans qu'un Prince français
Tentât de l'arracher aux farouches Anglais.
L'Héroïne affermit des Lys la Monarchie.
Le Héros nous sauva d'abord de l'anarchie :
Sa chute fut, depuis, une grande leçon.
Mais leur fin, à jamais, de Bedford, de Hudson

Rend les noms en horreur au monde.
L'ère de Jeanne d'Arc est celle de Gerson :
De notre bord étaient l'équité, la raison ;
De l'autre, l'injustice, et la haine profonde.
En butte au cruel Bourguignon,
Qui, des Anglais, resserrait l'alliance,
Jean Gerson défendit les lois, la liberté,
L'autorité du Prince et les droits de la France.
Lors, dépouillé, persécuté,
Mais soumettant sa volonté
Aux décrets de la PROVIDENCE,
Il opposa, toujours à la Fatalité,
Disons mieux, à l'adversité,
Sa longanime patience.
Dans l'*Imitation*, dans ce Livre divin,
Gerson nous montre, AMI, que l'humaine existence
Tend par la Foi, l'Espoir, librement vers sa fin ;
Et, bien qu'un Pouvoir souverain
Semble confondre la prudence,
Une consolante Assistance,
En guidant, rassurant notre sort incertain,
A su concilier, dans l'éternel dessein,
Avec la bonté la puissance,
Avec la liberté la haute prescience.

Par LE MÊME.

BIBLIOTHÈQUE NATIONALE DE FRANCE

3 7531 00634913 9

www.ingramcontent.com/pod-product-compliance
Ingram Content Group UK Ltd.
Pitfield, Milton Keynes, MK11 3LW, UK
UKHW022242070726
13613UKWH00005B/2072